# 集《あ》真《づ》藍《さい》里《り》

平鹿由希子

思潮社

# 集真藍里　目次

装幀　中島　浩

集真藍里

平鹿由希子

# 秘葉の蹊

瞳の内の儚いものを　初蝶《しょちょう》の翅の薄きに染めて
肌の牢から夢を裂かれて醜く腐る日積《ひづ》もりの旋《うず》の模様は　悲思《ひし》の紫
長い記憶の髪を手挟《たばさ》み　声の湿りの背に透る
繊腰《せんよう》の液の一滴　からからと葉が慄え
昼に飛ぶ蝶たちは低い茂みに身をかくし　胸にうずまく言の葉を
緑の小蹊《こみち》の火脈にそって　紡ぎひそめる
あなたの肉の見えぬところの　秘に招かれた万《まん》の細骨《ささぼね》
一葉《ひとは》一葉の言の葉を　蝶に食べさせ影に食べさせ蜜に零れる

花茎《かけい》は潰え根が爛れ花蜜《かみつ》をせせる　爪黒《つまぐろ》の食《じき》
昏い不浄にひざまづき　昼の鉋で身を削る
憎会《ぞうえ》に群れて点々と胸に葬る冷たく濡れた　秘闇の叢《くさむら》
赤い秘　青い秘　骨の鏈《くさり》の髄に冷え棲み
哀《あい》に縮れて皺寄った蝶衣《ちょうい》をぬいで　痩せた裸体を仰向け炙る

うずもよう　うるりこと　おくりきり　しんどみだれてにくもろく
やまいまくらのくろだめにくずひろい　みずからくりのいさばやに
あらをもとめて　さあはらくどの　はだただれ　さんもんはしゅの
あららいを　ちがれげしょうの　ほやうるりこと　こくからからと
ひとみくねんぼ　くちびるくろく　つめくろく　せだを　さやぶち
ほうけたよねは　ひきょくざいしゅのゆらのひとつも　つまぐろの
ねんげこんぱら　ほおりばの　がらたかんきり　きゃからばのはて
身密《みみつ》口密《くちみつ》　迷宮《めいきゅう》楽《らく》の聖なる火知《ひじ》りは水で燃え脆い器の身を包む

破文《はもん》の水は残花《ざんか》に灑《そそ》ぎかつえた舌で秘の葉言の葉　メッキの鏈を鎖して繋げよ
老腐《ろうふ》きよらに精水の乳《ち》を滴らせ　あなたの舌で未敷《みふ》の響きの地気にのせ
秘採蛾《ひとりが》の来る夜の小蹊は　喪蝶の声で静かに満ちる
蝶の涙の種々《とりどり》をまろばし遊ぶあなたの指は　悲思を紡いで秘に染まり
青の浮き立つ底に降れば　記憶の分け髪撫でさわる水の冷たさ
溺れ浮く水の鏡は醜《しこ》を映して　流れ揺られる津々《つつ》の緒根垂《ねだ》る津液《しんえき》零れ
与えて受くる赤の浮き立つ底に降れば　湿の火脈は火液もろとも夜の鉋で舌を焚く
万の細骨　天空地花《てんくうちばな》の胎に捧げて
秘採蛾の夢折りきらめく　千々の星々
楽土破鏡《らくどはきょう》の約束された果ての果てまで　髄の火きれいな秘を流す

ほろいずみ　ほをたぶらこにかがみかさねる　しんじゅもぎんがも
たこうあへんの　ひめうらなみは　ごじくゎこぼれる　ぎんまだら
なようのかんじゅまんじゅのすいれんちょうは　おなのかたわれ
さがしてあるく　ぬぼくてんせいあまがけるまで　ちぬかるくるの

めいこささげたうなるべぐさは　じゅむうるげごんの　よみのはた
おうへんかんなよるをあざむき　いっしまとわず　いみつはんすい

秘話点々と
天の砂子の群がる蹊は　双星《ふたぼし》隔てる
肌浮く化粧の　皺に染む
そよめく老い葉は　千手《せんて》に満ちて
「あなたを忘れる　すべがない」
古びた恋の亡骸は　死廃の褥に葬って
響き渡りの哀れ言の葉　逢搦《あいじゃく》の歳月を踏む
影やわらかく　翳《かす》み衣の紫を曳く
夏欠け蝶の　悲翅《ひし》の紋から
赤い秘　青い秘　秘の影　千重《せんちょう》
疼環《うずわ》逢星《あいせい》　天の砂子に伴わん

水に仕え火に仕え地を潤して地を暖めて　瞬にきらめく旋の真闇の秘を尋ねれば
流れ身の肌と髪とを揺るがせる　逃れ逃れた迷い葉の醸す夢繭
絹の鏈の葉根《ようこん》を縷々と曳き貫き　あなたの胸に静かに放つ秘採矢《ひとりや》で
蝶に封じた言の葉の　一葉一葉の由《よし》を射る
赤い秘　青い秘　文字を連ねて
蝶の瞳は淫して恥じぬ　悲思の紫
光輪《ひかりわ》うずまく東雲の清き鉋で　秘房《ひふさ》に縮む内臓《わた》を抉って骨と骨とを殺ぎ落とし
流々《りゅうりゅう》と髄の火渡る凹鏡凸鏡《おうきょうとつきょう》結ぶ虚像は　闇を映して儚くきえる
薄影みじかく千声《せんせい》攀じ折る蝶の蹊　瞳水晶《ひとみずいしょう》忘れうもれた万の細骨糞土に恵み
赤い秘　青い秘　万字飛翔の死淫を抱き合い吐かれ吸われて滅んで果てよ

はてるまにつちもる　かたかげ　ほくとのほしの　ちしごひごもり
つきむねみくず　ななえやえ　かみなるさねの　ゆうとしゅうれい
づほくをてらし　しのびにすいて　いたみまどいてにくわたやぶる
ながいのちかばねけし　しゃばぬりべ　むらさきまだらだいらいを

はいにしいさごの　くらひものつふ　もしやとりわたまんぎょうの
ほしとみまごう　ういみずしめに　にどとふたたびあうことはない

# うばこが　おばこ

腹病みはこぶ煩さの　翅の勢ぃ衰えて
凍蠅《いてばえ》寒く　氷柱《しがこ》がさがた
北枝《ほくえ》に緑葉《みどりば》あざやかに　紅色漿果《べにいろしょうか》　宝樹の南天
せっちん手水《ちょうず》の際《きわ》に垂れ　千本《ちもと》茂れば
冬の陽みあげて長沓履いて　惚けたばっちゃ
雪を丸めて堅くして　手袋濡らしてよいこらしょ
南天情けの雪兎　赤ぃ眼《まなこ》に葉の耳つけて
しんしんしんしんしんたなしらに　ひとつふたつとつくりゆく

吐く息白く喜ぶ無邪気な子のように　林檎の色に頬染めて
体の芯が冷えるまで遊び続けて　地直《じべた》そのままうたたね枕　雪枕
睡るばっちゃの耳元に　南天の瑞葉《みずは》撓って雀来て
ちゅるるんちゅるるん　雪の兎をつっついて
諸耳裂くよに葉をつまみ　はらりとそこに落としゆく

雪の兎に連れられていつの世知らぬ　長閑な春のうらら新し陽を受けて
惚けたばっちゃの萎《ぬ》え足しゃらんと　黄金《きん》の光の深庇
房窓《へやまど》ほっくり楽し気な遊遠綿子《ゆうえんきんす》のタンポポ咲いて　雀ちらめく樹枝《じゅえ》わたり
茎は乳汁の福袋　種子《たね》を散らして子生《こむ》のふわふわ
福入れ福来い吹き飛んで　風の間に間にドレミファソ
黒髪靡く堅き腓《こむら》の盛り肉《じし》は　秘薬エキスの地の楽譜
雀囀る声がして　生命《いのち》の遣いの寿もどき
「タンポポ　髪結え　惚けたばっちゃの手梳き髪
　結た髪くるくるひっぱって　枯れた乳汁も満ちるよに

　雪肌潤う栄え水　遠《お》ち近《こ》ち飛んで　買うて来い」
雀ちゅるるん語らえば　タンポポ微笑むドレミファソ
油《ゆ》買いに酢買いに走るタンポポ　おろろんさがして走らずも
白酒《しろき》か黒酒《くろき》かみわけもつかぬ　うまき味する栄え水
湧きでる出《い》づ水《み》の有り処《どこ》くらい　すぐにみつけてドレミファソ

黄金の光の捧げもの　タンポポ蹊先案内《みちさきあない》せば喉の渇きを癒す水
こんこん湧きでる処に来て　ばっちゃ掬ぶ手の水を一滴零さず呑みほせば
百花《ももか》の蜜の心地して　水は生命の廻り皆津《みづ》
疲れたまさか吝《おし》んで貯めた金銭《ぜにこ》の甕を　なんぼ積んでも手に入《い》らぬ
うばこがおばこ　おばこがうばこ
おばこほっくり　変若《おち》の末なる姥皮剝いて緑《みどり》黒髪《くろかみ》ふさふさ凪いで
うなじの肌理の細かさは　伊予の絣によく映えてぼろろん舞いの袖翻《そでがえ》し
おばこの陽和《ひなが》鞦韆《ふらここ》こぐよに綿毛ほつれて　遊遠綿子の帰夢《きむ》の容《かたち》の日和凪
熟睡《うまい》なら覚めずこのまま南天に　群来《くき》の光の暖かさ

楽音《がくね》麗し雀百まで　ドレミファ　ドレミファ　ドレミファソ
空ゆく雲も雀千まで　ドレミファ　ドレミファ　ファソラシド
「うばこが　おばこ　おばこが　うばこ　うばこもおばこも　夢の類《ともがら》
　タンポポ　髪結え　冬の扉《とぼそ》の虚国《むなぐに》は
　夕《ゆん》べみた夢　誘かれて　惚けたばっちゃの灰枕
　　タンポポ　髪結え　春の扉の虚国は
　　昼間みた夢　誘かれて　若きおばこも仮姿」

雪の兎の耳塞ぎ　ばっちゃ忘れて玻璃の山
ぴょんぴょん翔けるよ　ドレミファソ
左前足お月さんにあげる　お山のてっぺん雪兎
幸せ山の雪兎　月の扉の　ファソラシド

# 隠れぼち　浦島伝説譚

放髪女童《はなりめわらわ》のおいとけ髪は　魂《たま》ゆれるよにゆうらりと
芽含《ぐ》む温《ぬく》とさ毬踊るよに　歩くたんびに泥《ひじりこ》ちんがら
おてんとさまの気まぐれは　細風《さやかぜ》小風《こかぜ》舞の袖
天の眼通る時ゆけば　郷《さと》の氷凝《ひこり》も緩くとけ
若いつくしのにょきにょきと　飽くこともなく地を割って
指をだすよに　つくづくし
爪繰る闇路の百夜《ももよ》の齢《よわい》　褻の日重ねてつくづくし
誰が踏むやら手折るやら　直地《ひたつち》にあだし胞子の旅衣

息づくものの肝に染む　一日《ひとひ》からっぽ明日も疾うからからっぽで
一人遊びの廻る夢淡《ゆめあわ》日影も早く　十《とお》の指数えてつくし摘む
離《か》れ離《が》れ胞子ぽたたんぽたたん　千古《ちふる》の葛籠《つづら》輪舞の衣《きぬ》の瞳色《ひとみいろ》
咳《すわぶき》誘う姿態《しな》の花粉の甘い香もせず　細い芯棒しゃんと立て
つくし三億末の世に　そぞろ歩きの相撲取り草にもなれはせぬ
何の咎受け妖言《およずれ》の　臭穢《しゅうえ》の土に身を約《つづ》めても
つくつくつくし　つくづくし　その茎どこまであの世まで
続いているよに　つくづくし　畑にでては嫌われて
「どこどこ　ついだ　つくづくし　つぎつぎ　つぎのこ　おすぎのこ」
十の指では抜けはせぬ　抜こと思ったら澪標
万劫亀の背に乗って　龍宮城の竈まで行ってしまわにゃなりませぬ
「どこどこついだ　つくづくし　つぎつぎ　つぎのこ　おすぎのこ」
仮道の管は虚屑《うろくず》の　夢の残滓の水吸い上げて
胞子伸びたり縮んだり　やわらな茎節《くきふし》枯れるころ
つくつくほうし　つくほうし　雨露《うろ》の恩受け杉菜の絨毯敷き詰めるまで

たあんせ　たんせ　吹いてたんせ　大きな風の　吹いてたんせ

放髪女童のおいとけ髪は　魂ゆれるよにゆうらりと
もゆら妖言百枝《ももえ》差す　衣領樹《えりょうじゅ》懸かる経帷子の咎の重たさ
いついつまでも　引き摺って
つぎつぎ　つぎのこ　おすぎのこ
十の指では抜けはせぬ　抜こと思ったら澪標
乳の剣さえ飢えて賤しき　長茎の
千尋の底の龍宮城の竈まで　行ってしまわにゃなりませぬ
先の世の咎　なごり指　常世の力蓄えて
折って隠した　鼻糞ほじりの鼻の指
拇指目指の間からにょっきりだして　恥も浚えて杉菜摘む
「どこどこついだ　つくづくし　つぎつぎ　つぎのこ　おすぎのこ」
鼻糞丸めてまんきんたん　人を差す指まんきんたん
誰かでてきてまんきんたん　一人じゃ淋し影法師

浮巣の鳥の空渡るよに　群れてお家《うち》に帰りたい
誰かでてきてみそっかす　夢の潜り戸　隠れぼち
放髪女童うつむいてもひとつ揺れる影法師　洟垂れ小僧の鬼みつけ
ひらひらひらと背をおされ日知り吉凶　時の流れもゆうらりと
耳垢ほじりの耳指と　眉の塵除け眉指と　口垢こすりの口指と
目糞こすりの目の指と　それを扶ける拇指の
十二の指が　風に舞う
精霊《しょうろ》の風か　好魔《こうま》の風か　風は憑きものどこに迷って行くのやら
珍しお指でたづたづと　放髪女童の鼻の指　曳いて小僧の踝の
追い風険しい葛折り路　あとをつきつき行ったらば
つくし根の先潜るよな　憂さもひととき晴れ渡る
花園《かえん》の輪塔　瑠璃の砂《いさご》に玉甃《たまがわら》　夢でみたよな水壺《みなつぼ》の底

「どこどこついた　つくづくし　つぎつぎ　つぎのこ　おすぎのこ」
空洞《うつぼ》葛籠の蓋開けて輪舞の衣の瞳色　魚子《ななこ》の衣を纏うよに

櫛笥の明鏡きらきらと　大判小判や金襴緞子
一茎百節《ひとくきひゃくふし》　不老長寿のたゆたう春のくるりくるりと遙けくも
黒き清水の懐繞る根の底の蓮華蕾の乙姫様が出迎える　常世の竈の龍宮城か
洟垂れ小僧に手を曳かれ　波の扉《とぼそ》の扉を開けて中に入って行ったらば
小さきものを籠もらせた　命の封印玉響《たまゆら》の玉手箱から胞子散らして
「つくつくつくし　つくづくし　つくし　さんおく　にじのうえ
　どこどこついた　つくづくし　つぎつぎ　つぎのこ　おすぎのこ」
シャボンの繭着てマジカルステップ楽し気に　白珠真珠のよに泳ぎ
風落ちの苞泡々《あわあわ》と　千手《せんしゅ》のそそき無垢《イノセント》
放髪女童わが目を疑い　眉の塵除け目糞こすれば
汗取り襦袢肌襦袢　北窓の月に照らされ香華を放ち
波の囁き空音《そらね》か正音《まさね》か　耳指入れて耳垢こすり
大波小波の波打ち際でさんささんさとお小便《しっこ》すれば　その足元に若布生え出で
一時一尋《いっときいちひろ》伸びて揺らいで緑陽放ち　胞子ゆらゆら羅針盤
くしゃみ鼻汁胸元落ちれば　汗取り襦袢肌襦袢　瞬きの間の

園に生う星桃《ほしもも》のよに甘やかな妙の羽衣惑うように　嫋や嫋やと波にさまよい
奪衣婆《だつえば》も隣り知らずの　百鬼《ひゃっき》を防ぐ丸薬が入っているよな
花卓のごちそう甘い餡　口垢こすって食べられる
恵方あぶみの小骨ふるえて　逢うものみなの美しさ
波の音信《おとづれ》心地よく　我が名も忘れ時忘れ
もゆら妖言哀しむことなく　十二の指は洗母《せんも》の盥に浮かぶよに綺麗に洗われ
乙姫様の深情け　放髪女童の艶《つや》黒髪も瑠璃の鏡で束ねおう

「すこし　遊んでおいでませ　もすこし　遊んでおいでませ
　もっと　遊んでおいでませ　ずっと　遊んでおいでませ」

放髪女童曇りなき日の夢のよに玉の緒長く郷忘れ　稚柔乳《わかやわちち》の娘になるまで経《ふ》る幾年《いくとせ》は
苦きもの辛きものの味も忘れる　紅舌《くれないじた》の　鯛や平目の奥座敷
聴き耳呪宝の語らいは　天の音《ね》のよに心地よく
真白い真白いやわ笑窪　ぺこりと凹ませ遊ぶ娘の耳元で
眉に降り積む塵もなく　老いらくの影もみえない乙姫様が

脳《なずき》の髄まで響くよな　砥刃切《とばぎ》り声でそっと囁く
「朝も夜もなく常昼《とこひる》の月星《つきほし》緑陽　思えば浮かぶ北窓の
　見目好《よ》き福留《ふくと》め香箱《こうばこ》の　蓋を開けたらいけませぬ
　　お手付きしたらば身は浮草の　珠菜キャベツのよに剝がれ
　　　たたら嫌うよ龍宮城の紫色の竈の火　めらめら燃えて焼《く》べられる」
欲しきままの日省みて　玻璃の鏡をみつめれば
どこにも映らぬ　己が身の
「つくつくほうし　つくほうし　どこどこついた　つくづくし」
悪しき瘡《かさ》踏むよな足裏に　ゆらゆら若布絡まって後じさりして逃げ惑う
「鬼はどこいた　月の香　星の香　緑《みどり》陽香《びか》」
乙姫様のやわ笑窪　迫り来るよな心地して
扉の奥の扉の奥の扉の奥の扉を開けて　洟垂れ小僧のどこにいる
誰かでてきてまんきんたん　洟垂れ小僧のどこにいる
龍宮城の竈の火　紫色の竈の火　初めてみるよな竈の火
誰を焼べてる竈の火　洟垂れ小僧のどこにいる

鼻糞丸めてまんきんたん　人を差す指まんきんたん
胞子の寝床で　隠れぼち
鼻指なめて　隠れぼち
爪先反るまで　隠れぼち
諸類土気《もろほつちげ》の　隠れぼち
鼻指落ちたよ　隠れぼち
洟垂れ小僧は　どこにいる　どこどこいった　つくづくし

＊別役実「道具づくし」より参考。以下引用――「おいとけ」「鼻糞ほじりの鼻の指」「まんきんたん」「耳垢ほじりの耳指」「眉の塵除け眉指」「口垢こすりの口指」「目糞こすりの目の指」「それを扶ける拇指」「十二の指」

# せっちん怖い

時の標《しも》結い眉間に深く　根蕁菜《ねぬなわ》ながいさみし緒を
堅洲《かたす》の地から曳きずって　黒い蔓草ひがら果つまで土まぶれ
羅宇《らう》の細筒でんでらの　纖雲《ほそぐも》毟る闇球芽《やみきゅうが》
敷妙きしむ古障子　人の気配の段《きざ》つけて
刻みこまれた醜《しこ》の心根　煤柱《すばしら》ゆらぎ
手向けの花の腐りゆく　見知らぬ祖先の位牌傾く
繁る下枝《しずえ》の実を摘んで　荒魂《あらたま》戻って来ぬように
永久《とわ》の鈍空《にびぞら》送り出すまで　三十三年弔い切りの白い唇

蔵《かく》すも晒すも家の四隅の湿りを帯びて　静かに息づく和気冷気
ゆんべ扉《とぼそ》のさみし緒を　誰かが曳いてきたような肩に手をおく後ろ髪
すねこたんぱこ　せっちん怖い
地衣斑紋のうもれ眼《まなこ》の見てるよな　葉風通しの硝子窓すこし罅われ
北の枕辺深い蒼みの垂れた木通《あけび》の　呼気にものの気
長く茎延び蕨手形にひろがって　他樹に絡まり内の五臓を見せるよに縦に罅われ
華菓《かか》になるなら雲の血で　酒《みき》になるなら雨の血で　逝きあう土ごと
塩断ち茶断ち木食《もくじき》の飢えた手摑み　懶惰《らんだ》の草瘤ほぐしてきたよ

奥歯向かい歯陽を和えて　まんままんまあかまんま
たらふくちょうだい　もっとちょうだい　ぜんぶちょうだい
わざわい食みの聖よく肥え　この世はあの世
隠沼《こぬま》せっちんひかり土片《つちかた》ひかりのうんこ　貴賤を問わず
すとんすとんと狭路《せばみち》抜けて　変化《へんげ》化生の無数《むす》の連星《つらぼし》落ちるよに
死の輪飾りのきんかくし　すずしさびしの野辺の穴

唐草雲の流れつく空の最果　でんでら甕の蓋あけて
根蓴菜ながいさみし緒を　耘《くさぎ》るならば耘れよ
まんままんまあかまんま　水も供えてあかまんま
茶の間の仏壇　位牌はまっすぐ先を見る
温風《ぬるかぜ》茂みの闇鹿の子　分けて贄菓子黴ぬ間に
茄子提灯にほのお灯して　せっちんいてこ
蕎麦の根赤い山姥の闇追い眼　皺面《しわも》かくして待つやも知れぬ
葉見ず華見ずすねこたんぱこ　上はこちこち下はこちこち連れ行かれ
卒塔婆の木目に　己が戒名見るやも知れぬ
髪を梳く音　ひたひたと
誰が来たのか　せっちん怖い

「よめよめおきろ　よめおきろ」かんかこかんかこ　遠ち近ち空音
褥あたたか身ぬくみ　おくるみ包まる赤児《やや》のよに　じっと眠れば夜が明ける
いんちき祈禱にいんちき坊主　この世に霊などいるものか

亡骸拝んで何になる　三十三年弔い切りの唱え手開いて
でんでんこぼし　でんこぼし　木通は陽気にぶらさがる
妊娠《みもち》づわりの塩梅《しおうめ》のよに　童採り食う甘い実は舌なめずりの肉白く
あけっぴあけび　明けの実あけび
玉門《たまも》開いて孫子の代まで　茎を延ばして絡まりつけよ
乱縷ともづな身持よく童ゆまりの染む土のよに　古い樹潤し細い腕《かいな》でもののけ払え
どんどん地《じ》踏鞴《たたら》撞木杖《しゅもくづえ》　「よめよめおきろ　よめおきろ」
長く下垂す茎の髄　煎じて飲めばゆまりしとどの病も伏せる
脚絆に草鞋《わらじ》の旅姿　継ぎの間寝てるくぐもりの
おおじじ怖い　おおばば怖い　じじばば怖い　せっちん怖い
幽かな樹雨《きさめ》瞼の上落つ魂《たま》しずく　障子の蔭や柱の角にゆらぐ静寂《しじま》の囁きが繰る
「でんでんこぼし　でんこぼし　よめよめおきろ　よめおきろ
あさなゆうなに　ちゃをいれろ
あさねをするな　ひるねをするな
せっちんそうじも　わすれるな」

見知らぬ祖先の脱け殻を　飾る茶の間のかわたれ薄い陽の吐息
げれれげれれと啄木鳥鳴くと雨の降る　液果美《うま》いか柔《や》らかいか
根蕁菜ながいさみし緒を垣根に絡ませおいたらば　屋内《やぬち》黒い火　病も絶えず
疫病《えやみ》の主の巣を穿ち　邪気を招いてしまうから
地迷う焔《ほむら》渦の輪の守屋の柱燃やさぬうちに　「よめよめおきろ　よめおきろ」
布団の皺《しわ》面《も》きちんと伸ばし　乱れ髪瘤きちんと梳いて異土の雲頭《くもくび》摑むよに
熟れて輝《かがよ》う木通手折って　千寿薬《せんじゅぐすり》の茎を煎じて朝な夕なにじじばば飲ませ
「でんでんこぼし　でんこぼし　ゆんべのでがらし　でんこぼし」
よめの不精は屋内の不幸　縁《えにし》つれない浅香残して朝茶柱のひとつも立たぬ
よめの不作は屋内の不作　げれれげれれと啄木鳥が鈍い木魚のよに鳴いて
不作豊作秋あげ占うお天道様の　げれれげれれの八卦見は
雲と噺《はなし》ができるよに魂空とばしよう当たる　「よめよめおきろ　よめおきろ」
華菓になるなら雲の血で　酒になるなら雨の血で
おおじじおおばば　あの世はあの世　空彦《そらひこ》二《ふた》分《わ》け煎薬いらぬ

じじばば薄眼の夜も眠れず　この世はあの世
身影落として雲さがすよな　ひかり土貌《つちかた》ひかりのうんこ
隠沼せっちんすっきりと　せっちんそうじも　わすれるな

雲逝くなごり留まるなごり　せっちん拭いてあつめた抜け毛
髪切りしたほど目糞鼻糞うつしみの　満ちた不浄に吐き気して
せっちん跨いで馬水《まみず》のごとく　濡れ雑巾の凡知　下の意
きっちらきっちらお布施のお金も　標ばかりでございます
三十三年弔い切りの雲のる魂は　閻浮《えんぶ》の辻裏迷うことなく
地深い闇を求める根から　高樹《こうじゅ》の梢に光追う蔓の螺旋を昇っていくよに
でんでらでんでらあかつきの　東の空に熄《き》えゆけよ
厨の床にこぼれて落ちる野菜の屑も　所　贔屓《ところびいき》のせっちん虫も
この世はこの世で棲み慣れて　守屋の柱腐りゆくまで離れがたきもままならず
でんでんこぼし　でんこぼし
垂れた木通の種類ふるえ　童採り食うそのまえに

富来《とみく》踊躍《ゆやく》のマジカルステップ踊り沓はね　輪舞の益鳥啄木鳥の
朝な夕なに播種の嘴　高盛り飯を供えてあげよ
あけっぴあけび　明けの実あけび
浅い眠りの攣《つ》る葉は　老いてぽつんと下枝を離れ
縺れた髪瘤梳いてせっちん　生臭食《は》まず
枕えらばぬ深い眠りの若い葉は　墾《はり》の空刺す瑞枝《みずえ》に満ちて
啄木鳥つきつき仏壇の　木魚噛むよに千里の彼方に憧れて

＊柳田國男「先祖の話」に想を得て。

34

# 死孕み野

空遥々に草野水澄み　美《うま》し稲《ね》育む上揺れの畔
光葉満ちてさやさやと陽も濃い皐月　家衆《やしゅう》総出で腰をかがめて苗植える
農月《のうげつ》いそしむ手白足白《てじろあしじろ》膝がしら　真黒《まくろ》になるまで泥に塗れて動かにゃならぬ
家には小さき子等置いて火傷せぬよに柱に括り　背《せな》を貫く泣き声振り切り
我が子いとしや奥歯嚙みしめ　耳の奥底蓋をして
白手拭いに菅笠被り　襷を掛けて日がな一日苗植える
早苗一本植えるにも　地虫這うよな我慢して
朝も早よから夜も遅うまで　手早さ競う腰の痛さよ

働かない嫁責められる　皐月に出来た子親不孝　大きな腹して働けぬ
この子堕ろそかどうしよか　月欠け三度廻るうち迷いあぐねて
甘菜《あまな》も辛菜《からな》も食べられぬほど　悪阻に苦しむその前に
鬼灯《ほおずき》の苦い種子汁そのまま呑むと　「子を取ろ　子取ろ」の堕胎薬
そんな話を聞きつけて　納戸の裏で鬼灯を一人で摘んで呑み干して
夜の明けぬ間に　腹病み血塗れ身を捩り
闇宮丸寝《やみみやまろね》の夢の中　背の髄からほうれんほうれん唸り声
密かに死の腑吊るされた　亡き子どろりと降りてくる
水の子血の子死涙《しるい》流して　股間伝うよ納戸の中で農鳥《のうちょう》の声も達かぬ藁染めて

　輝血《かがち》赤闇　朱色の萼に包まれた五つの稜《かど》の袋とじ
　地卑《ひく》くくすむ日並べの　塵を重ねて鬼灯実る
　ふみつきふづき七夕に　鬼提灯のよな赤い実を
　二つ手に取り歯音かちかち種を出し　諸頬《もろほ》にくわえて
　ふくれふくれと息を吐き　キュッキュッキュッキュッと吹き鳴らし

ほおづきほづき邪気もなく　遊ぶ子の頬ふくらんで
「取らん　取られじ」戯れば　何を呼ぶのか呼ばぬのか
去年の七夕葬った　亡き子の魂か形代か
夏の田横切り　ひょろりひょろりと
朽縄皮脱ぎ変若《おち》繰り返し　どこを巡って来たのやら
憂色《ゆうしょく》 喜色《きしょく》褻衣《けごろも》脱ぎ捨て　どこで織られた紅染めの鱗が艶《つや》な朽縄が
鬼灯の実莢《みざや》によく似た鎌首擡げ　遊ぶ子の脛筋《すねすじ》掠め忍び立つ
「御洗米《おくま》どろどろ　箒　塵梳き
　四辺《しべ》を清める　一本棒の守り神
　　朽縄いじめりゃ　罰あたる　罰あたる
　　　鼠チュウチュウ　何匹食べた」
誰ひとり驚く声音の髪筋《かみすじ》もなく　ほおづきほづき吹き鳴らし
何を呼ぶのか呼ばぬのか　「取らん　取られじ」遊んでいたよ
「子を取ろ　子取ろ」の子荒らしの実は

鼠の千頭《ちがしら》丸ごと呑み干す朽縄の　鬼の腸《はらわた》よう似てる
ひしめき暮す乏しらに　十歳《とお》に　七歳《ななつ》に　三歳《みつ》　四歳《よつ》　一歳《ひとつ》
いらん子ひさかた幽かに光り　笹の葉さらさら七夕に
孝も不孝もせぬうちに　糸屑のよに葬った命の欠片《かけら》の
どこをさまよう　生きの緒いやはて天の川
ゆらゆら小さき姿して　水の淘《よ》り処《どこ》さがすよに
「由良《ゆら》さん　どっち　由良さん　こっち
　由良さん　どっち　由良さん　あっち」
いらん子苦集《くづ》のおどし糸　滅路《めじ》に迷って遡り
喉が渇いてからからで　たくさんお水が呑めるから
手布《たな》織る哀し音《ね》誘われて　星の実繁る川に行く
「由良さん　どっち　あんよは　じょうず
　由良さん　こっち　あんよは　じょうず
　　あんよもなくて　おてもなくて
　　　笹の葉　さらさら　流されて」

柱に守《も》りさす　損傷《けが》の種
子の尿金色《しとこんじき》　古い畳に溢れたままで
天道虫《てんとむし》集《たか》るおにぎり持って　お尻まくって泣いていた
泣いた拍子に瘤つくり　瘤が痛くて泣いていた
そんなあの子も七歳になって　ほおづきほづき吹き鳴らし
下の子這う子の耳元で　キュッキュキュキュッキュと吹き鳴らし
「取らん　取られじ」戯れば
朽縄蹊切り腹をくねらせ　縁側入り
二股舌をちょろちょろ出して　悪業《わるさ》盛りの穀潰し鼠が走る天井《てんじょ》に昇る
「じゃかじゃか　じゃんけん　ぐうちょき　ぱあ」
たまのおやつで　競って食べる小豆の寒天　水寒天
唾《つばき》かけては歯でつつく　鼠の若歯はおととい生えろ
ほおづきほづき夕湿り　陽も暮れかかる千里《ちさと》潤す多実《たみ》の風

縫い裁ち雑な襤褸《ぼろ》着た案山子　へのへのもへじに蓑笠被り
稲の葉揺れる田圃の中で　頬かむりして草を取りぽつんと立って遠く見る
働かない嫁責められる
あの子を産んでこの子を産んで　この子を産んであの子を産んで
おんぎゃらおんぎゃら泣く子憎い子　掃除洗濯三度の賄い忙しや
一本一本織り糸が流れてきたよな七夕素麺湯掻いて作る　夕餉の支度は十歳の子で
藪蚊しつこく耳元で羽音煩くつき纏う　泣く子の守は七歳の子
卓袱台に皿鉢《さはち》並べてお箸出す　口許幼い四歳の子
そんな姿が眼間《まなかい》に揺り炎《も》え　疲れ身病み腰のほつれて糸芯垂れるよに
裾の汚れも除《と》れぬほど　織物どろどろ血の気も失せて
畔の気崩れ腰骨を抜き　子壺《こつぼ》水の実　地に堕ちる
草傷　掌　輝割れて　すでに冷たき手白足白膝がしら
散々《ささ》の亡き数　咲き闇の冥府の衣《きぬ》に包まれて
迷い草履《じょり》履き天堺《あまさか》越えて　一番星の袂まで目隠しするよにさまよえば
闇を透かして響く声　紅染めの糸より細い声を聴く

「さあさ　取ってみなさいな
　　星の実取って　みなさいな
　　　鬼の腸　天の川　星合《ほしあい》の子は　泣きながら
　　　　頸なし馬に　またがった　またがった」

笹の葉繁《な》る歳　よものよめごの鼠が走る
麦の実　胡瓜　茄子　茗荷　木の実　草の実食い尽くす
鼠棲みつく生殖《こもうけ》の　梯子昇って千代になる
箒　塵梳き　四辺を清める朽縄まんまの食い染の鼠チュウチュウ　何匹食べた
天井の客人《まろうど》這うごとに　よものよめごの怨み声　節の穴から降り落ちて
三歳と一歳の子がおびえ　七歳の守じゃ手に負えぬ
「泣く子憎い子　あっちいて遊べ
　　向かいのばばさん　ちょっと行ってこい
　　　手編みの帽子や涎掛け　地蔵さん世話する向かいのばばさん
　　　　きっと大事になさるから　なさるから」

心耳《しんじ》揺らぎの乳《ち》の実の垂れる　性《さが》のやさしさ
向かいのばばさん彩糸結び　縫い針ちくちく花雑巾
三歳と一歳の子の守に　指を息《やす》めず縫うてみせた
傍らで寄り添いすわる三歳の子　その腕抜けて動き止まらぬ一歳の子
向かいのばばさんちくちくと縫うた拍子の筋交《すじか》いに　糸引く針に白目を衝かれ
転げまわって泣き叫ぶ　「いたい」と言えぬ一歳の子
夕野原《ゆうのら》遙か手布織る人の　逢わずの衣も紅染めの
空柱《うつぼばしら》の雨のよに　ほろほろ涙　目隠《めな》しどち

下の子いぬ間の静けさ破る耳を劈く泣き声が　七夕素麵湯掻く厨になだれ来て
水仕《みずし》十歳の子胸がふるえ手がふるえ　迎えに行こうかどうしよか惑う入相
大鍋の水気がなくなり　麵を焦がして火の上ぐらぐら揺するうち
あわてた拍子に七輪倒れ　灰火伝うよ忽ちに炎と煙の呻き声
「どの子が欲しい」

「十歳の子が欲しい」

「どの子が欲しい」

「みな欲しい」

輝血赤闇　鬼火の糸遊《いとゆう》　由良さん逢いたい
天寿に挿頭《かざ》す　星の有り処さがすよに
十歳に七歳に四歳の子　残らず絶えて散離《ちり》の茅葺き
風に乱れて　ほうれんほうれん　死孕《しばら》み野《の》
「ちんこかんちんこかん」　水樽《はず》の柄杓で蟹屎《かにばば》流し
星合の子は泣きながら　蛇苦止《じゃくし》　鬼の府　迎え出た　迎え出た

*「手布」とは労働用の目と口だけを出して被る布のこと。

# 集真藍《あづさい》忌《いみ》考《こう》

仲夏芒種《ちゅうかぼうしゅ》の黒土《くろつち》に初めひらけば色薄青く　三日眠れば淡紅の
色の移り気　焔の裾の火照る肌にも降りかかる雨に応えて花だより
往来《ゆきき》まま離《か》る眼蓋《まなぶた》映る染め色模様の　善事《よごと》秘事《ひめごと》日照りを嫌い
人目を避けて隠《こも》れ咲き　夜々の古ごと水慣れ棹
足音《あのと》か繊《ほそ》き面影忍ぶ　水の器の立ち居滴るたたずまい
雨乞う茎の澪の流れは　ひいやりひいやり飢餓月に濡れつつ水縹《みはなだ》溶けるよに
禍事《まがごと》腐る地《つち》廻り命の帰る花期長く　頭《こうべ》を垂れて重たげに幽霊花か化け花か
天雲幾重に陽を嫌い　死琴《しにごと》音《ね》のよな雨にうたれて芥の花数集真藍群れて

誰に愛でらることもなく　遠世《とおよ》の時に埋もれたままに
水は火をけす魂鎮め　相生《あいおい》醒める浮気者《あだびと》の心根のよに七変化
「あなたは冷たい　あなたは冷たい」
憂き言の葉は　萼の四片《よひら》の咎じゃない
稲の稔りの良き歳は朝露夜露の夥し　ははそ葉の垂れる乳房のよに揺れて
豊かな泉の溢るよな　過剰の乳の滾るよな雨滴を葉に受け
集真藍の水垂《みだ》れ緑葉濃く繁り門《かど》の黴雨降り続き　ものみな饐えたよな匂い
足も遠のく夏籠もり陽の依り代の　男糸《おいと》女糸《めいと》の火糸《ひいと》さ乱れ実なし種なし魂もろい

藍擦れる赤眼《あかめ》爛眼《ただれめ》肌病《はだやまい》　瘡蓋腹病み狭蠅のせわしさ
人の憂きことの数のよに芥の花数集真藍群れて　ものみな湿る忌月の
病聚る門に咲くなら雨降れ億粒　陽が照りゃ困る火の厄除ける長命縷《ちょうめいる》
千垂苗束《ちたりなたば》の東の空の稲魂に　葉っぱ草履を履いたまま
雨の薪を手向けて来たよな天邪鬼《あまんじゃく》　その色ごとに偽りもなく出づる正直憎まれる
地に倒れ枝《え》　そこから延びる根の勁さ

女男《めお》の結び目くくり様《よ》つき様《よ》　刀輪尽きぬ人の憂きこと茎に吸い上げ
垢黴塗れた古畳　蚤や蚊の湧く屎泥《しでい》の床も憂きは憂きまま飢餓月柄杓《びしゃく》銜えたままで
おたくさ　たくさ　しどけなく　なまじの花器を拒むよに花盗人《はなぬすびと》の訪れを待つ
「おはさみ　かりんこ　おはさみ　ちりんこ」茎剪み
内の大鋸屑みせぬよに七色絹糸《けんし》巻いて飾った糸毬手毬　少し突き上げ遊ぶよに
肩がきりきり痛むまで膝立て手折り　花穂を煎じて飲むとよい
虫コころした咎の瘧《おこり》も　四百五百の蚤の屑屋も
茎の根元の卑地《ひくつち》の妬《ねた》さ慨《うれた》さ束ねて吊るせば　幸の来るあじさいわいの金袋
屋内《やぬち》栄えて末には黄金《きん》の虹まくら　手に入れるなら
雨の綾織りふたつなし　一日《ひとひ》一日の色模様　眼蓋焼きつけ
まんもりまもり門守《かども》り屋守《やも》り　厄除ける花の境の辻に臥せ

円石《つぶれいし》敷く　荒れた庭
広葉《ひろは》も細葉《ほそは》も雨の奥葉の撓り様《よ》は　こんもり佇み新緑の堅く尖った鋸葉
痢《ひ》る物ふき取るせっちん紙の代わりまでした　遠世の頃のまうら寂しさそのままに

玉虫盛る光に疲れ　人の賑わい嫌うよに集真藍揺れて
「あなたは冷たい　あなたは冷たい」
憂き言の葉に静かに染まり縹に染まり　体を藍に染めなして
変わっていくなら三途の川の渡し賃　袖の袂に死者の弁当《べんと》のお米を入れて
深く濃く翳る新樹《しんじゅ》の短夜《みじかよ》の　絶頂感は魂呼ばい
痢る物食べれる犬じゃなし　向こうに行けば方便《たずき》忘れてその額《ぬか》に汗を滲ませ
恍惚の空の腐食の墓を掘る群れ　人の群れ
天地《あめつち》の広大無辺も覆うほど　続いているよな人の群れ
「まんまる手毬　ご天毬　米コもいらん　銭コもいらん
　　ここ掘れ　そこ掘れ　もっと掘れ
　　　からっぽ手毬　撥ね上げて　地獄　極楽　行ったり　来たり
　　　　空にあく穴　だれの穴　昏い穴　深い穴　浅い穴」
男糸女糸の火糸で縛られ　泣けば悲しや涙雨　笑えばうれしや恵み雨
骨の鳴る音　死琴音　墓掘り人の汗が溜まれば
虹も腐らす　哀の花

集真藍盛りの藍もうつろう　温風至《おんぷういたる》
花の季奪う雑草《あらくさ》が膝の高さに生うるほど　晴れの日皺がれ
屈み摘む花盗人の足音も遠く　扇恋しい濃青《こあお》の空に藍を託した花の終わりの薄緑
眩しさに眼蓋閉じた人のよに　何の魂来る晴れ窓下《まどか》
黴も七色あるような　甕に残った古梅を
捨ててしまおか　どうしよか迷っている間に
新樹の匂い　夏花の光葉《ひかりば》満ちる庭たづみ
雨の綾織り七重に巻いた突き毬手毬撥ね上げて　ぽちゃんと落ちる音がする
梅の実青いか熟れてるか　皺よる梅干酸いままに抛っておいても食べられる
天の雨肥逝く陽も近く　萎れた集真藍逆さに吊るせば屋内の厄が封《と》じられる
古い謂れの綿々と　語り継がれた根糸を守り
和合相生長寿めでたく喜ばれ　孫枝《ひこえ》育てて千歳《ちとせ》寿《ほ》く
衣湿って扇コ掉《ふ》るえば汗の汁　耐えて永遠《とこしえ》十返《とかえり》の花
蹊切り辻切り　おたくさ　たくさ　空の腐食の豊饒の死人《しびと》の墓掘り

腐草蛍の楽に苦に忌む夜の水は　泥んでないか澄んではいるか
もの影長き一朶をひらく集真藍の　花の最期に
ほうほう蛍深い闇から　飛んで来い

＊「あじさい」の語源は「集真藍」とされ、別名は「おたくさ」「手毬花」などがある。「あじさい」は、「死の花」とも呼ばれるが、屋敷に植えると縁起がいいと伝えられる地方もあった。

# 影踏み村

雨戸開ければ白露庭草ちりばめて　「月光殿」の名にし負う
菊の香漂う短日《たんじつ》の清雅の背筋　収穫月の花の一輪空袷《そらあわせ》
しずしずと葉裏波打つ礼節の　心を結ぶ黄衣《きごろも》の乱れを知らぬ立ち姿
纏う眩しさ延命長寿の金液滋液　剛直な農婦の意志の菊日和
密な花弁にふっさりと　歌屑響く走る光の五線譜に
めでためでたの田の実の垂れて　豊作願う村祭り
穂掛け刈り上げ案山子上げ　祭りの供物は魔除け厄除け赤飯《あかまんま》
しょきしょきと笊で洗って火にかけて団扇で煽ぎ　鉄鍋ちろちろ落とし蓋

血の池地獄の泡立《あぶく》つよに　てくぼてくぼと小豆煮る火が燃えさかる
朝も早よから　厨に暗がり落ちるまで
屋内促織《こおろぎ》　草地の主の隠れ家で嬉しや気儘に翅すり合わせ
綴れ衣の肌寒さ　肩刺せ裾刺せ悲糸《ひし》の綾なし
チロレルチロレルバイオリン　奏で慰む天真《てんしん》音針《ねばり》の柔らかさ
野良着ほつれた肩先は　繕い忘れて着たきりで
日焼けた素肌が透けて見え　村の祭りにゃ着て行けぬ
娘は十六歳《じゅうろく》せめて祭り日着飾って　村の若衆《わかしゅ》と言寿《ことほ》げよ
方便の鎌を携えて弛み湛える暇もなく　新し着物も縫うてやれぬ
小豆煮える間団扇を置いて　箪笥の底の嫁入り前の古着出し縫い目ほどいてお繕い
瘦せた蚯蚓も舞い踊る　お囃子太鼓のお立合い
母親《かか》の腕振る　小豆煮る音てくぼてくぼと露簸《ひ》る鍋底煮立ってきたら
真水三杯柄杓で混ぜて　醤油少なく味付けて汁棄てご祝儀晴れの日の
食べて美味しく見映《みば》も良く　作る手間暇惜しんじゃならぬ

厨の暗がり促織鳴く音《ね》も　陽高《ひだか》にきえて
人の輪絣《わがすり》火男《ひょっとこ》の竈の燃える火　何睨む
小豆煮えたら糯米と　混ぜて蒸籠《せいろ》で強く蒸す
幾群《いくむれ》幾重《いくえ》の鰯雲　村の祭りの強音《フォルテ》明々《あかあか》さんざめき
炎蠢く激しさの近くて遠い　太鼓の響き
竈の燃える火　何に急かれる穂孕みの大核《おおさね》小核《こさね》と色づいて
長い襷に腰巻の隣り十軒肌袷《はだあわせ》　笑う阿亀《おかめ》の赤飯　もうすぐ焚けるよ赤飯
満ちる掌　陽を尽くし　幾たび幾たび秋籠に飢え腹満たす落ち栗を
拾い拾った面影の丸い口許初紅《はつべに》の　色の赤さに白い歯含羞《はにか》み
甘い柘榴の撓うよな女の子《おみなご》十六歳　一人前《ひとりまえ》
多産多福で長寿を願う鎮守の杜の菊の名は「月光殿」の花の見事や馥郁と
面《おも》の窶れもまろぶよな　諍う者の怒り肩なでて宥める神輿花
娘ほのめく葉半《なか》ば　尻瘡《しりかさ》膿瘡《うみかさ》あるじゃなし振る舞い優しく姿形《すがた》良く
花の姉なり花の妹《いも》　直《ただ》射《さ》す光の強さにも隠すものなど何もなし
何の見栄はる古着のままで　行ったところで見知り顔

皹に皸《あかぎれ》　汗は汗蔵　血は血蔵　立たぬは金蔵
寄り合い所帯の気楽さの　稲の草高見りゃわかる
薄眉ひそめて嘲笑うそんな輩の　居りはせぬ
猛る火の粉を細くして飯仕上がるその前に　肩刺せ裾刺せお繕い
古い衣の運指素早く　玉結び
遠くに響く　踊り手見手《みて》の陽に気焔《きえん》
静かに燃える火　屋内促織闇を待ち音無《おとなし》チロレルバイオリン

風の隙間の土間《にわ》の片隅　竈の底も冷えてそのまま残り飯
仏壇鼠も近寄らぬ枯死花《こしばな》垂れているような　ばっちゃ腰曲げ赤飯
お塩ぱらぱら振りかけて　一つ抓んで味見して
蒸して仕上げた丹精の小豆を崩し　手摑みで貪り食べては
腹を空かした子のように　四方八方ぽろぽろと赤い粒飯《つぶめし》零しゆく
ばっちゃ昼蚊帳独り臥す　その常《つね》何も疑わず
納戸の奥の重箱の　埃払ってきれいに洗い

平らに盛って風呂敷包み村衆《むらしゅ》に配る段取りで　下駄に履き替え厨に戻り
歩いた拍子に踏みつけた　細骨《ささぼね》小骨の火起こし団扇足裏《あうら》に刺さり痛み怺《こら》えて床見れば
小豆潰れて塩壺割れて　今茲《ことし》十六歳宵宮《よみや》行く日のご祝儀に焚いた飯が斑《はだら》に散って
常世社《とこよやしろ》の祭り日に供える分まで残りなく　ばっちゃの胃腑の夢の後
齢《よわい》　七十歳《ななじゅう》古団扇　血廻る悔しさ鉛《なまり》　涙《なみだ》の声殺し　鬼形眼《ききょうまなこ》でばっちゃを睨み
浮塵子《ウンカ》纏わるしつこさを払う気もせず　瞬きもせず
昼の真闇《まやみ》の憎しみ流離う　母親の影

齢を延べる赤飯　碗ひとくちも残らずに
　顔《かんばせ》青く夕冷えの鉄の火箸で灰を掻き　ばっちゃの愚を責め竈閉じ
飯粒一粒穀霊宿る　魔除け厄除け小豆縁起の胸騒ぎ
娘ひとりで肩を落として歩く姿が痛ましく　追ってはみたが見当たらぬ
集《あつ》の巷の悪しき瘡　別嬪醜女の菊明かり　祭り提灯火が点り
雑草《あらくさ》隠れて終夜《よもすがら》　喜楽《きらく》の愛も逆る促織鳴く音もチロレルチロレル最強音《フォルテシモ》
娘すずろに楽音に忍び　清きうなじの堅肉《かたじし》は夜露に濡れて

影曳き暗む古着物　憎しみ竈の灰の色
闇空《やみぞら》月波誘われてわずかな水も惜しむよに　手水《ちょうず》がわりの草手水《くさてみず》翳す手の先
お迎え提灯にぎやかに　「ご祝儀ない者　来いよ来い」とて囃される
笛や太鼓に足踏み鳴らし　影なき者が踏み鳴らし
てくぼあしくぼ狂《ふ》るように　阿亀火男交《つが》う夢泡《ゆめあわ》土を突く
眼朶《まなたぶ》耳朶股朶に　血液《ちえき》の廻る花穂垂《はなほだれ》
腕《かいな》ふるわせ青鎌入れる影踏み村の秘祭りの　泥む菊野の深轍《ふかわだち》
隣り百軒父母《ととかか》やじっちゃばっちゃの村肝《むらきも》の　地の輪車に曳きずられ
火《ほ》結び契りの捧げ物　稲の妻なる天地《あまつち》の真澄《ますみ》しょくしょく泣いたとて
物実《ものざね》はじける穂波舞処《まいと》の　根を締めよ
その心臓《むね》ひとつ仮の身の　万朶の菊の暈を帯び
苦を受け死を受け果てしなく廻る輪車　てくぼあしくぼ湛《たた》え窪《くぼ》
「窪摩《あま》」と呼ばれて鬼となる　見えて隠れる角隠し
血恵《ちえ》の身水《みみず》を濡れ泳ぐ方便覚えて　老いて流水《るすい》の黒むまで
田の実賜物《たまもの》捧げゆく「痛や　悲しや」泣いたとて

誰も来ぬ夜の　静かに更けて
蛾眉《がび》の花びら影もなく　薄い衣の古糸ほつれ　肩刺せ裾刺せ累々と
どこに縺れる　天餌《てんじ》の背延《せのべ》　陽根《ひね》の淀《よど》

# 七葉のために

病土《やまいど》の流果《るか》の闇から緩く繰《く》られて
罪の死骸でつくられる腐った手を曳く
細い細いひと茎で涯立《きしわ》つ散葉《さば》の老残《ろうざん》
身の影盛《さか》る端境《はきょう》に響く黙《もく》の地の環に横たわる恵みの里の立ち枯れて
月葉《げつよう》
火葉《かよう》
水葉《すいよう》
木葉《もくよう》

貧《ひん》の針刺す美衣《みい》を纏って華季は菩殺《ぼさつ》の牢葉《ろうよう》の
金葉《きんよう》
土葉《どよう》
日葉《にちよう》
と働くモノは腐果《ふか》を喰い七葉《ななよう》溜まりの屍衣《しい》を纏って
繊《せん》のひと葉の葬《そう》の傷みを来る日も来る日も封《と》じこめる
陽の影静かに黒い葉の降る滓を身籠もり
奇胎葉狂《きたいはきょう》の明日を孕む死雀《しじゃく》くるくる風輪《かざわ》のように
闇に別れる非時《ときじく》の迷路《まよいじ》さまようモノの肉合《ししあい》
無響の億の脈《みゃく》 音《おん》は千切れ千切れてどこまでも屍《かばね》を棄てる火に焼かれ
はねる火の子の廃にまぎれて
骨は鋼の錆の獄《ひとや》でくるくるくると無縁を歩む
野蜜を食んで裸胎《らたい》醜く闇路に分かれ骨を清《きよ》らにちりばめる風の八尋で地は動く
地歩《ちほ》の標《しるべ》の光さがして末葉《まつよう》切れる弱《ひわ》のしがらみ
モノの堅果の遙苑《ようえん》は緋空《ひくう》まだらの罪に散らされ

貧衣《ひんい》を掛ける樹の陰で悲しみの散々《ささ》からりくからりく盲いて垂れる
過去一瞬の夢の葬路《そうろ》へ流れる食吐《じきと》の空《くう》を抱いてモノの臓腑へ錐を刺す
疲れ纏蔓《てんまん》　根茎《ねくき》に迷い
病陽《やまいび》無熱の冷たい骨を晒して眠る

ながくながくまっていた
つみねつみくきつみのはを
あかくからしたつみのひを
ひとゆびひとゆびおとすよな
はげしいいたみとひきかえに
ひとにうまれるななつゆび
ひとはひとはのむまをつかんで

# こでなこ哀歌

朽葉むす稲田白雪凶作の　実らぬ秋の怨み背に白い飯《まんま》の夢を見る
四方《よも》の静けさ　牛馬も啼かぬ深き痛手に抜け貧苦《びんく》
朝まだ早き薄闇に　垢で塗れた襤褸《ぼろ》を着て
藁綯う子等の晒され水洟　霏々《ひひ》として
飢え腹凌ぐ米もなく　土の粉餅三日食い
眼裏《まなうら》奔る腹病みの　死苦の億劫《おくごう》降り積もる
親の難儀は子の難儀　雪肌玉肌みな泥む
今宵年取り頤《おとがい》痩せて　地《つち》の僕《しもべ》も地の子も
五臓の虫の惨々と　骨肉破る音がする
悪露の臭いが立ち込めて　雀も寄らぬ案山子なき雪の屍《かばね》も鉄葉響《てっぱきょう》

とうさん今頃何してる
冬至蒟蒻砂払い　柚子湯身を締め囲炉裏端《いろりばた》　南瓜ほっくり中風《ちゅうぶ》除け
白い飯を添え食べる　夢の切れ切れ朝に散る
繰る時一日《ひとひ》無辺《むべ》の淵　先の望みも立たぬまま雪地《ゆきつち》怨み藁を綯う
こでなここでなこ脆き絆の手をとれば　逢期《おうご》うたかた冬枯れの
憂い炎《も》えれば囲炉裏火の　燠もちろちろ灰冷えて
寒《さむ》の蒲団に歯の根も合わぬひもじさの　米貴米賤《こめだかこめやす》空頼み
「米の清きに触る者　濁りに染《し》まぬ心もて」
どこの世界の括り言　言葉巧みに騙されて
残った米の俵まで　持っていかれりゃ底貧苦

腹病み堪えて東雲の頻婆果雲《びんばかぐも》の明るさに　古木戸開けて薄地半纏《うすちばんてん》身に纏い
朝餉の刻の硝子越し　こでなこ絡む手を留める
眼も窪むほど一夜に積もる群舞白雪　背丈も越えて軒塞ぎ
雪沓履いて屋内端　急いで出ては見えぬ一日の蹊踵《つ》ける

子等もきしきし後を追い　雪沓履いて蹊踵ける
空き腹甘なうこでなこの　藁を叩いて紛らわす長い一日が疎まれて
手業《てわざ》細々《ほそぼそ》米もお菜《さい》もこの雪のごと　降って来いよと蹊を踏む
身体ぽぽらとあたたまる飯懐かし人の温みの幾筋を　咳を絡めて吐き出せば
弱胸《よわむね》流れる緑《あお》い血が　萼《うてな》のように雪に染み
醸す命の一茎《ひとくき》が里雪深雪《みゆき》面照《おもでり》の　心尽くしの福寿草
地気《ちき》の寒さに堪え咲いた　喜悦幸《さきわ》う蜜房《みつぶさ》ひらき
こでなここでなこ　連れて来る
年の半分東京《とうきょ》で暮す　出稼ぎとうさん　連れて来る
真っ赤な真っ赤な福寿草　出稼ぎとうさん　連れて来る

酒屋　魚屋　小間物屋　今頃どの角歩いてる
雪踏む沓音とうさん帰る　朔日《ついたち》待たず夢のあわいの福寿の吼《うたき》
「足音《あのと》古木戸　とうさん来るよ
　正月様のお使いに　年玉持って　とうさん来るよ」

小昏い土間《にわ》で膝組んで　輝で割れた手擦りながら
わずかの手間賃貰うとて　こでなこ編んで待っていた
駄賃コひとつ貰えずに　子等も手伝い待っていた
土間に吹き込む雪掻いて　塩舐め飢え腹　水洟啜り
雪踏む沓音とうさん帰る　すぐ帰る
「とうさん　東京で　どんなもん　食った?
　おらだ作った　米コば　食った?
　　おらだの分も　ちゃんと　食った?」
「とうさん　早よ来い　年玉もって　丸餅ぴかぴか　木《こ》っ葉《ぱ》ほど
　みんなで食って　年明かそ」

とうさん果報の紙袋《かんぶくろ》　陽を追い繰る繰る黄金《きん》の花
東京で咲いた花摘んで　とうさん帰る　すぐ帰る
見たことないよな　逆さ夢
消えた俵の米山も　土間の真中《まなか》でほほえんで　大黒様のよに座り

黒豆ちょろぎ　数の子　五万米《ごまめ》　緒光金団《おびかりきんとん》　八《や》つ頭《がしら》
円満《えま》の家内喜《やなぎ》の箸で食い　恵方めでたのお重盛る
晦日《みそか》　鍋の香　睨み鯛　門《かど》売り　魚屋忙しく　村の辻々練り歩く
消えた灯ともる小間物屋　昆布《こぶ》も喜ぶ姿《なり》をして　かさこそ塵棚よく売れる
長生き上手　福上手　ほろ酔い酒もほどほどに　酒屋繁盛　百薬の
飢えに咲く花　報い花
食える食えぬの口を閉ざして　穏座《おんざ》　賄い　逆さ夢
寒《さむ》の衣の万歳や　幻花《げんか》永きに続く夢
雪に似顔絵描いて待つ　屠蘇の薬子《くすこ》のかわいさよ
「銭コば欲しとて　早よ起きて　稼ぐ東京の泥の空
　雪コも降らにゃし　暖《ぬく》いども　冷や酒茶碗は　底尽きだ」
寝ずに稼いで涙銭《なみだぜに》　二束三文　忠と孝
白髪になるまで毟られて　生き血絞られ肉削がれ枯れ骨轢る胸の棘
縒れた手紙を忍ばせて　乾風わたる鉄を踏む

大きな風呂敷とうさん帰る　年玉持ってすぐ帰る
深き無念を封じ込め黒土覆う雪摑む　あそこのじっちゃも痩せこけた
冬守り屋守り　病の根切り　田の守り案山子も来やしない
小作こでなこ雪血潮　赤い福寿の花のごと
黄金の光の中で咲く　心願《しんがん》づまりどんづまり
生まれて落ちたその日から伝農《でんのう》祖先の田を守り　守って守って働いて
十五《じゅうご》歳で里出た上の娘も　たった十九《じゅうく》歳で東京で死んだ
白くて白くて真っ青な雪肌玉肌紙袋　こでなこひとつで括られて
白くて白くて真っ青な　骨コひとつで戻《もど》て来た
屠蘇の薬子の骨まで舐《ねぶ》る　背病《せや》みこいたら蛆集《たか》る
鍋釜臭いどて蓋をされ　天餌《てんじ》銜えてぬくぬくと肺臓《ふく》を太らす陽のもとに
土地追い主の鉄杭の　重き税《ちから》の緘《かん》の声
「飢えに咲く花　雪食って　這いつくばって這う虫の
　封土封雪《ふうどふうせつ》行き場なく　冷えた竈の中で死ね
　　電動ドリルで穴開けて　万年床の辺

　　東京の米の　冷えた俵の中で死ね」
一日こでなこ銭コば貰い　八重の紐解きうなだれて
山脈《やまなみ》過疎に丸餅降るごと雪の降る　税餅《ちからもち》だと雪の降る
「大きな風呂敷　とうさん帰る　年玉持ってすぐ帰る
　みんな揃って　年明かそ」

*「こでなこ」とは藁の芯を引き抜き何本か束ねて綯った紐状の物で、昭和初期から中期にかけて早朝や夜、農閑期の主婦などの内職として盛んに作られ売られた物である。

# 早春連記

冬の支度の家囲《いえがこ》い済ませた頃は　初雪積もり
久住《くじゅう》迷いの蹊遙か深山奥山《みやまおくやま》千里を越えて　出稼ぎ列車のことことと
鉄の訛りを響かせて　村の男衆《おとこしゅ》みな熄えた
繰る日来る日と底冷えて　胴服《どんぶく》の襤褸の厚着に身を包み息を殺してゆく季節
白く幽かな子等の薄影《うすかげ》小暗《おぐら》く廻り　庇越すほど雪が降り積み
山脈《やまなみ》揺れる氷風《ひょうふう》に一片幻《いっぺんまぼろし》すべらなる　死装束の天猛るよな吹雪に呑まれ
犬コひとつも歩かない　ものみな緊《ひし》と雑林残端《ぞうりんざんぱ》の虚《うろ》の果て地霊慄く喪の眼して
白声《ビャクセイ》白重《ビャクエ》口《ク》太刀《タチ》口《ク》断《タチ》と百獣凍る　扉《とぼそ》の内《うち》外《と》苦《く》音声《おんじょう》　狭畑《せばばた》亘る苦音声

雪野晒しの鋭声《とごえ》繰る火採《ひと》り野柴《のしば》の鬼火の一縷　真白い闇の村明かり
背《せな》を丸めて手指かじかむ屋内端　ひそり春待つ子等がいる
吹雪く合間の晴れ間みて　鼻も頬っぺも切れるほど雪と遊んだ息白く
おんも高屋根《たかやね》雪根原《ゆきねはら》　家の丈越す雪根原
達磨《だるま》垂魔《たるま》の七転び　八つ起きずに竹スキー
子等の雪穴　お大便《ばば》を済ませ　誰か落として　エンヤラホー
子等の雪玉　お小便《しっこ》染《し》ませ　誰かぶつけて　エンヤラホー
雪野《ゆきの》畳衣《じょうえ》の貧遊び　子等の声なきゃ村絶える
吹雪衣更着氷点下　寒晴《かんば》れの日は少なくて外で遊べぬ指しゃぶり
わずか五歳《いつつ》の赤頬っぺ　過ぎ陽　来ぬ陽の雪礫《ゆきつぶて》　軒端に垂れる氷柱《しがこ》に投げて
「いやだいやだよ　ふぶきはいやだ」
幼瞼《おさなまぶた》にとうさんの　薄い耳朶深い皺　ごつごつ掌思い出し
はるはる遙か東京《とうきょ》の隅で　とうさんも待つ春を待つ

千万億種《せんまんおくしゅ》の有芽清香《うめきよか》　満ちるにむかう嘴の飲食《おんじき》ともづな

朝に夕にの陽に焦げた　子守り厭わぬ親心
世の根　腐水《ふすい》の湿《しつ》を這う　都烏《みやこがらす》のひもじさよ
多苦処遠国黒翼《たくしょおんごくくろつばさ》　吐瀉物あさる飢え渇き
傷無し鳥の小さきを満身膾《まんしんなます》のごとく裂き　守る身ひとつ食い尽くす
食えども食えども未だ足りぬ　食の繋縛の妄執《もうしつ》や
喉《のんど》ぼこぼこ千把扱《せんばこ》き　千羽ぼこぼこ千把扱き
千切《ちぎ》りひもじい菜食《さいしょく》す　大根切り葉のきちきちや
茂り香栄《こうばえ》白梅の百花《ひゃっか》に先駆け春誇る　節も嬉しい振音《トレモロ》の
喜寿《きじゅ》の小鳥の夢を裂き悪業《あくごう》切っ先　皮を破って肉を食む
一寸刻みや五分《ごぶ》刻み　採餌の破壊《はえ》の旅栖《たびすみか》
臭穢《しゅうえ》染む身の憎まれて　黒き不吉の塒《ねぐら》で起きる
花の下枝《しずえ》をじっちゃ嗅げ　花の上枝《ほつえ》をばっちゃ嗅げ
ねんね可愛いと一夜《ひとよ》も欠かず　ようにとまった垂乳根を未だ含ませ抱いて寝る
ばっちゃ手枕《たまくら》痺れも厭わず　天姿《てんし》可愛やわずか五歳の赤頬っぺ
抜けた歯可愛や棄てられぬ　葉菜《はな》の切れ端棄てられぬ

じっちゃ実有《じつう》の孫子守り　腰の曲がった孫子守り
母の無き子等いとしげに　今頃吹雪どうしてる
都の秀枝《ほつえ》　よい香《か》未開の蕾から
雪と見紛う白梅が　お屋敷鳥と戯れて越冬鳥の上で咲く
庶草《しょそう》群れ割る土掘って　早緑《さみどり》根こそぎ日暮里《ひぐれざと》
乱《らん》舞《ぶ》鉄骨《てっこつ》杭を打つ　屑のさみしら寒晴れの鳥一羽も子を愛す

北窓開けて扉を開けて　弥生つんつら細枝《ほそえ》も弾み
重い胴服脱ぎ棄てて　浅舞躁春《あさまいそうしゅん》雪間もぬくむ地《つち》を踏む
やさしうらら陽　根白《ねじろ》草も恵み貧寒ふすぼる斑雪野《はだらの》に
蕗の薹《ばっけ》めくばせあちこちに　早緑頭《なずき》萌え出でて
耳の後ろに垢ためて　鼻も頬っぺも切れるほど雪と過ごした霜焼けの
北の子林檎の赤い手も　つるり可愛い手に変わる
水洟垂らし縺れ髪　汚い姿《なり》して味噌っ歯ゆらし
けんけんちかちか　ひとり石蹴り　泥撥ねて遊ぶ足元

蕗の薹ほころぶ　あちこちに
雪の奴《やっこ》と冬を歩んで来た春の　一寸萌黄《いっすんもえぎ》ののどけさよ
衆流《しゅる》衆流と水に解けゆく堅氷《かたごおり》　小川せせらぎ澄みきって
ゆくなす揺れ水　さわさわ水草《みぐさ》戯れて
けんけんちかちか　ひとり石蹴り　蹴った拍子に尻餅ついて
継ぎ接ぎズボンも　泥だらけ
我慢だまって乾くまで　お尻ぺたぺたひんやらこ
円石《まるいし》ころころ足ジャンケン　けんけんちかちか　ひとり石蹴り　つまらない
「みっちゃんかんちゃん　さそおかな　ゆうちゃんたけちゃん　さそおかな」
泥濘塵《ぬかるみちり》子《こ》の言問いは　群れて遊んで縁となる
ひとり石蹴り　天秤棒　尻の冷たさ　暖とりぼっこ
蕗の薹萌えれば　陽炎《かげろう》廻る
「ひろちゃんえみちゃん　さそおかな　きみちゃんたくちゃん　さそおかな」
壊《く》ゆ笑み逆巻く隙間風　吹雪知らずの泥生えの南気《みなみけ》くらくら頭が痛い

悪露《おろ》の気循り水ぬるむ足裏《あうら》重たき靴音の　往き来ありなし東京の隅で
九州訛りや東北訛り　織りなす言の葉　渦の中
足場危ない鉄骨の　杭のぐらぐら工事音
雪蹊抜けて日雇いの　飢え頸繋ぐポリバケツあさる烏のよに黒く
共同便所の臭気嗅ぎ土掘り穴掘り日暮里　人の巣穴の細路の
行方も分かぬ闇を抜き　出稼ぎ阿呆と嘲笑う敗根《はいえ》燻る不夜城の
荒む心の火葬場で己が身体焼き尽くし　百度死んでも鷺にはなれぬ
飯炊く女の頭垢《ふけ》混じる飯場《はんば》の味噌汁　大飯食らい
帰巣《きす》のぱくぱく飢え烏　黒き眠りの夜が来る
ポケット砕けた里煎餅《さとせんべい》　小銭くるくる里煎餅　叩いて集めて何処に行こ
梅の花散る毒ならば荒む心の唇紅《ルージュ》も赤い　ひそり身を染めいい子が待つよ
遠見《とおみ》ほのめくキャバレーの　春の細路通りゃんせ
あの世この世の花衣　弥生梅の田満作《まんさく》や　燐寸尻円《しりまる》灯す火の
誘い香漂う紅ネオン　肉薄耳朶ふるわせてドブ銭持って細路通り
極楽ロームの　土を掘る

鳥の白糞《しらくそ》ぼろぼろ落ちる昇天梯子の梅の木や　福呪《ふくじゅ》頬づり緩《ゆる》び歯ひとつ
あんまりよくて喉刺さり焰ゆらめく涅槃雪《ねはんゆき》　腹の上降る涅槃雪
可愛可愛と子を食べる　野守《のも》りさびしろ陽に焦げた有縁《うえん》鳥の真っ白や
黒羽寡《くろはやもめ》の底いなき　皺襞《しわひだ》深き背後《そびら》断ち
蛻《もぬ》け身過ぎの人の流離う東京の隅で　闇の一塊《ひとくれ》握って熄えた

＊「胴服」とは綿入れの半纏のこと。

# 牡丹幻影

空華《くうげ》高胸《たかむね》　陽闌けるままに隙間ぽっかり場所塞ぎ
青人草《あおひとぐさ》の暗がり渡る来し方の　露の繁きに畳なづく
忍土《にんど》デンデラ常無きに屠《ほふ》る薄衣《うすぎぬ》　陸《くが》深き悪露を吸い上げ咲き誇る
牡丹一念　授暈月《じゅうんづき》
美《よ》きもの名を取る不乱火のごと　蕊がほころぶ身ほとりに
うらら陽南《ひなた》の青葉濃く　溢れんほどの重たさよ
艶の盛りの心酔い　優《やさ》の言の葉　一舞《いちまい》　二舞《にまい》
酒精呑むごと遊戯《ゆげ》重ね　畢る遅速の焰々と昨夢《さくむ》うたかた喪の催《もよい》

果てのすべらぎ金の蕊　不落まほろば幽けきものの
三舞《さんまい》　四舞《しまい》と悉に　身毒無烟の火を持ち揺らぎ
彩《あや》を含みて浮牡丹の　狂い生くこそほしきまま
気を吐き薫身《かみ》の沈みいき　うつろい傷む容輝《ようき》を憂う
不意の涙の鬼の房　疲れ倦むこそ爛々と
情火身繞る辛苦のごとき　四肢の静かな華世界
珠の顔《かんばせ》ほころばせ　陽の幸　和世《にぎよ》　五六舞《ごろくまい》
短楽舞衣《ぶい》のほどけばほろり　波那《はな》のくるめく千恵盛り
美福万朶《びふくばんだ》の露受葉《つゆうけば》　醜《しこ》を嘲る光を垂れて
「一枝《いっし》栖む風　末塵の弱音《よわね》微かに寂牡丹
　鬼身《きみ》を啄む　破勢《はせ》の愛　溢れ溢れる密々と
　　昼夜を　分かず　背《せな》灸る」
聖善《せいぜん》身去《ゆ》きて繊々《ほそぼそ》と　落ちる腐羅地《ふらつち》死に積もる
淫流富楽《いんるふらく》の敗根《はいね》を抜かず　身の肉すべて二華《にげ》持たず
夢に手千事《せんず》交々に　金襴躍る階《きざはし》も去きて帰らぬ時の降り

夏華《かげ》歓楽の婀娜名利　極めて哀し零落の
境界《きょうがい》ゆくりと餞に　鬱茂《うつも》つたうよ蛇盛る
草叢繞れば美種悪種《びしゅあくしゅ》　聚り潜む歩々《ほほ》の万
すずろ懐古の長恨み　鬼身の濁りの闇に咲く
牡丹賤しく頸延べて　雲の行く手の万里を翔けよ

# あさぎらえ　いさぎらえ

夢も結ばぬ古事《ふるごと》の哀憐ブルーの宙《そら》破る身軀《しんく》水股《みなまた》ちりぢりに
無念熾盛《しじょう》の腐羅地は春の耕《たがやし》あさぎらえ　夏の耕いさぎらえ
命の垂《しず》るものの皆の豊凶うたかた五百《いお》の護符
賤《しず》の幾年《いくとせ》衰顔《すいがん》の恙ある身は陽の骸
憂い盈つ郷《くに》　針縷《しんる》も渋る願糸《がんし》願切《がんぎ》り濃き糞尿《こえ》の
熱き土塊滲み透る肥やし多少の巧技《たくみわざ》
辛夷《こぶし》咲く頃あさぎらえ　果報《かほ》の賄い頻々《しくしく》と恨み疲れて弱き者
粗き縦皺深々と刻む労苦に日々生きて

万穀の長《おさ》　美《うま》し稲《ね》の田達守人《でんたつもりと》の僻事《ひがごと》も
集異腸肝《しゅういはらぎも》懐《ふところ》に下して身毒を膨らます
地気の趣き順《じゅん》不順《ふじゅん》　種々の災い来ぬ祈り
剛《こわ》き天地《あめつち》熟《じゅく》不熟《ふじゅく》新墾《あらき》万端《ばんたん》あさぎらえ　新墾万端いさぎらえ
植え付け播けば福苦《ふく》の種
生い立ち柔らなもの皆の命重ねの誠の実
息の喘ぎの切れ切れに六《む》継ぎ八《や》継ぎの胸鋏《むなばさみ》
二百十日《にひゃくとおか》の厄日まで努力《ぬりき》迷うな休息《くそく》をするな
金時金珠《きんとききんじゅ》名は幸の神の真白手苔筵《ましろでこけむしろ》

楽の美妙の静歌《しずかうた》　集《つ》めの都の遠方《おちかた》か
積飯《つみめし》燃えた飢餓道に刹那快楽《けらく》の瞬時《ときのま》も積もる無念の土気色《つちげいろ》
破気《はき》の多怨《たおん》の悪口罵詈《あっくめり》　歩揺三怖《ほようさんふ》の病老死
絞り絞られ生かさぬように絞り絞られ殺さぬように
打つ田鼓舞《こぶ》しの屁をひり呵《わら》え

糞尿の一滴零さぬように泥む脛まで汗《あせ》肌《はだ》浸《し》ませ
肥溜め作れ死にがわり　肥溜め作れ生きがわり
下肥《しもごえ》醸す八尋の底の葬《ほ》り土《ど》無量寿《むりょうじゅ》露命《つゆいのち》
ぽとりぽつりと尽きるものこそ生まれいで
性根《しょうね》悪敷《あしき》に蔓延れば昏き眼眸《まなざし》澱《おり》深く
雨の猛きも地旱《じひでり》も畝の溝ごと煩いの
末の末まで非羅漢《ひらかん》痩せ土　根《ね》田《だ》入《い》り辛夷
穂が穂を生んで実が実を生んでめでためでたの
額《ぬか》に歓喜の娑婆の縁ばさり断ち切り闇眼《やみめ》も白く
苦涙《くるい》一生すぐ終わる
今際《いまわ》一念嘆かずに

# 静歌

多病短命幾夜の疲労《つかれ》　面《おも》の皺数夥《あまた》　月《づき》
薄肌の窪　澄み果てのこの世の形見　静歌
野母《のも》の懐連綿と　命ながらえ絆《ほだ》し貫き人の煩い啜り声
歩々の誠実肌肉《きにく》を腐《くた》し　ゆくりゆくりと腰卑く
流行り廃りの外にいて　遠見廻り身　茄子の蔕
何の役にも立たねども　破落破落《はらはら》愛縷《あいる》　食一縷《じきいちる》
灰の一握生業《なりわい》の傾くことを「釜倒《かまきゃ》す」と言われる辛さ
過ぎた標《しるし》の負を担い　寸の棲家も売り払う

焔水一途《えんすいいちず》に痕残し　時の波蝕《はなみ》の廃田《はいでん》も絣姿の賑わい退《そ》ぎえ
雑草《あらくさ》の叢《ぼさ》露重く　鎮もる自然《じねん》の物の種子《たね》
十方《じっぽう》あまねく「逝く」と「来る」
執念《しゅうね》く真美《まみ》の響《とよ》み哀しく　地縁血縁闇なすものの深淵《ふかふち》に
身動きもせず鎖されて　眠る祖先の死に生きる
地に地に身絞る根葉《ねは》の縁　口福放生《こうふくほうじょう》働き知らず
安穏快楽《けらく》の行く末は　抜穂八寸《ぬいぼはっすん》ささくれ手
念野《ねんの》土葬の名残とて四囲《しい》の蘖《ひこばえ》生まれいで　果てぬ苦役の無念を映す
背潰し　胃潰し　肺潰し　聚墨万種《しゅうぼくまんじゅ》の毒の実を身肉手足《しんにくしゅそく》に蔓延らせ
生き餒《ぐさ》れして死んでいく　地の底　無知の怨み漂う

吹雪地獄を通り抜け　逝く田穿《つらぬ》くバイパスは
きんならきんなら　臓食《わたは》みか
生死《しょうじ》脈打つものみなの　迷古《めこ》と嫌われ枯れすがれ
露霜《つゆしも》　野にある親の唾

滅ぶ死肉のあい渉る　遥々《はるばる》虚無《こむ》の闇繞り
金華銀華《きんかぎんか》の華の降る　崇め崇める幻の繁華くぐりのがらん堂
雨乞う日照り続く年　晴れ乞う積雨《せきう》続く年
由良の道饗《みちあえ》作占の　無明　苦の種　おんしらばった
願掛けばった　おんしらばった　働く者の骨肉透る傷み苦しみ薄れゆく
理もなき念の　祈り繰る
「安穏快楽ならしめん　安穏快楽ならしめん」
重き鉄杭　土餒れ　死人倦む世の呼吸《いき》垂《しだ》れ
四肢のばらばら散り落ちて　背腹《せはら》くっつくよなだるさ
姿崩してにれはむ牛の　涙を見たよ納屋の奥
「ねんねんねんねん　念々野《ねんねんや》」
村のわらわら空漠と　家族《うから》営む寄る辺ない地縁血縁玉の緒長く
醜草弱草《しこぐさよわぐさ》　根葉の縁
脳《なずき》頽れ後生楽《ごしょらく》と　あえかな幸の逃げ水のごと

生まれ布団も死布団も　田圃の湿り重き綿
纏う命の張りつめて　播種の枕辺解けがたき苦集《くづ》の詰物《つめもの》
明日来る　流れも絶えず明日来る
寝覚め夢見の闇を曳き　葉山月山《はやまつきやま》じっとして何を見つめる眼《まなこ》開け
米良《めら》の豊根《とよね》の直《す》ぐ心　排気ガスとて土痩せる
滋実《じみ》もろもろの真金《まがね》とて　寂たる四方の安き土
身心《みこころ》傷め古竈　火も繊々と繋ぐ愛
やつれ醜い瞼の隈も陽焼けた皮膚の深皺も　注ぐ力の刻み痕
野にある草の親の唾　やさしやわらし去来幻《きょらいげん》
道敷ファルト迂旋回　昏い眺めだ二重帰思《ふたえきし》
結膜炎やトラコーマ　流行る世に充つ貧しさの疲労の対価
「米の一粒棄てる者　心眼《こころめ》潰れて罰当たる」
棄てる棄てない一汁一菜　飢えないための肉を削ぎ
愛の肉汁ずるずると啜る卓袱台　肉を削ぎ
「氏も素性も　ありゃしない」

土着の血夢《けつむ》腹まで低《た》れて　一日《ひとひ》一日に老けこんで
生飯《きめし》泥飯《どろめし》痩せ牛の田中よろけて脱糞の　骨透く尻に鞭ふるう
修羅の下積み積み黒い　野良の継ぎ当てまたとれた
「生きていたってしょうがない」
屋ごと人ごと犇いて　蛭田《ひるた》足入れ生きてきた
死もなく種子なく性《さが》もなく愛縷蠢く脳なく　世にあるものの羨まし
肩を怒らせ肘を張り陽焼け罅割れ黙々と　心願ごとよごと怨みに変えて
とれぬ疲労の雑毒で　年満《ねんまん》臭き呼吸を吐く
悲喜《ひき》の交わる月を見て無際此の方からりんと　身毒熟して散り落ちる
明日影なき湿生《しっしょう》の　土に帰って飽食のくぐもり声の飢餓の頸
ころりと落ちて苔のむす　万々人《まんまんにん》の飢餓の頸
無念孕み苦上下《うえした》に　空を漂う呻き声
「長生きすれば苦も多い　生きる地獄か死ぬ地獄
三十日《みそか》三十日と明日繰る　地廻り静かに明日繰る」

子宮《はら》を透かして鮮血衣《せんけつえ》　纏う命の万長流《まんちょうる》　人と生まれた希命《まれいのち》
音純《おんじゅん》ひさかた光の方へ　一歳《ひととせ》無垢の光の方へ
命紡いで地廻りの　身の夜《よ》幾度《いくたび》愛交る
乳穂《にほ》のゆらゆら後生楽と　空手《むなで》を這わす衰の酷《むご》
万の傷みと引き換えに餒った梨のよな身体　苦を厭うならすぐに断て
凍る血波の愛縒れてからから響く骨の音　耳の奥底土の音
歌う者なく静歌　野母の懐繊々と愛縷蠢く静歌　万夜きんなら静歌

# 静歌反歌



お泣きびらびら薄解《はくげ》の浮《ふ》　浮葉千廻《ふようせんかい》邪を棄て集え
乱縷《らんる》甘草《あまくさ》砂利道垂《しず》れ　蟻のぞろぞろ群れをなし
朝から晩まで張りつめて　愛他《あいた》無限の蜜袋
八十隈《やそくま》辿り疲労《つかれ》も知らず　手擦れ足擦れ道標
飢えるは辛い春秋の義務《つとめ》果たして賤《しず》の歌　繋ぐ命の口移し
緋無垢幾瀬の思いを畳む受《じゅ》の声細く　有るか無きかの清《さや》も結ばず
夢に輝《かがよ》う一瞬《いっしゅんけつ》　血の時の奴隷《やっこ》の灰黒《はいぐろ》の　行く先見えぬ袋小路《ふくろこじ》
都会繁華の失土《しつど》の角《すみ》で　よろやよろやと蟻通し

生身、火、水、の酷《むご》洗う
喰わにゃひもじい　おんしらばった　叩かりゃいたい　おんしらばった
火、水、泣っ切り庖丁で　涙やどせる胸を断ち　諸《もろ》食み群れ入る半死《なからじに》
とれぬ疲労の雑毒で湿歩裏《しっぽり》湿歩裏湿生の　あえかな幸の土の香を嗅ぐ
「蜜のほたほた核奥歯　春秋難儀冬麗《ふゆうらら》
　歌が飯なら難儀もすまい　辛抱肝心冬麗」
刹那繋ぎの地廻りの寄る辺果てない蟻生《ありおい》の　他郷の空は濁り空
非肉非血《ひにくひけつ》のセルロイド痩せる者こそ美しと　腐蟻《ふぎ》の蜜まで彩《だ》み返す
土生毎来毎去《どしょうまいらいまいこ》して七夜八夜と罅割れて　穢れ聖なる里を抱く
瞳曲線虚物《ひとみきょくせんそらもの》狂い　忘憂《ぼうゆう》世に充つ頸無し子
隠灰《いんばい》華やぐ裸身を透る　蟻尻《ありじり》蜜の道標
ぞろりぞろりと昼稼ぐ　傷を癒して明日繰る
故郷の空は翳り空　どの空見ても明日繰る
身毒熟して散り落ちた　人の形見の静歌
火が老ぃ、水老ぃ

ててん天気も　よう変わる
地積もり封じて　雨の降る
蟻を踏んだら　雨の降る
泣っ切り庖丁　振り回し
涙やどせる　胸を断て
蛭田足入れ生きてきた苦き世の人
声なき歌の尽《すが》れなき地の雲のよに

# 一《いち》夏《げ》水《すい》声《せい》

恥孥《ちぬ》の火雫《ひしずく》繰る繰ると敗根《はいえ》廻りて水芙蓉《すいふよう》
撓みゆれつつ絖《ぬめ》の薄きに頻々《しくしく》と類《るい》の久劫《くごう》の一刹那
無垢の振舞《ふるまい》花を褥の陽にゆだね
浮《う》き白《しろ》汚泥の名残なく吉祥あまねく彩《いろ》う白蓮《びゃくれん》
性重《さがえ》うつつの岸離れ葉波《はなみ》の台《うてな》緑濃く
池水《いけみず》濁る集塵《しゅうじん》に繞り生う花静夏《せいか》にひらき独《ひと》つ光に寿安空《じゅあんくう》
萌える命の永遠を摑む者とて誰もなく
過ぎ行く時音《ときね》ただむきの達かぬ真中《まなか》夏池に

金輪《こんりん》のよに実を透す水の内なる勁き意志
不死の気息《きそく》の陽の濃さに伏し目無聞《むもん》の腐魚の匂いの横奔る
深い深い水底の曲路《くまみち》通りうねり出た浮き葉流転の虚《うろ》の身屑《みくず》の疾海《しっかい》は
狂栄独我《どくが》の鉄拳かざす諍い渦巻く鈍色蛇《にびいろこぶら》が逆巻いて
四百四病《しひゃくしびょう》の苦しみの我が身繋縛の底なく渇く蜱《だに》のよに
囚われの愛霧《あいぎり》晴れぬ火焔蠢く蚰蜒《げじ》のよに
肝を膾《きりみ》にぬめぬめと野末《のずえ》の石の下を這う虫類《むしけら》のごと
滾る心の膨満の冥途渡りの昏きにも命の糧とする寄《よ》す処《が》
札銭を切る十二指蚋《ぶゆ》に吸われる身の不安
天《あま》の八重雲利鎌《とがま》で裂いて逝ける遠国真赭《おんごくますお》盛りの煌《きらら》なす
露の身一縷酔妃舞妃《すいひまいひ》の名のごとく無辜の弧色《こいろ》の聖落を
支える真直《ますぐ》な茎の生う刻の螺旋の頂へ
混濁の淀みを抜けて咲き誇る極楽花の懐に
辿れぬ者の怨み言
異形異類の　鱗《うろくず》雑《まざ》り海袖《うなそで》腐す願い捧げる過剰根《かじょうこん》

邪を織り邪を縫い漣々《なみなみ》と薄葉が撓み
修羅語らずの水珠《みずたま》が一節一節声をはじいて
はかなさ一顆《いっか》ぽとりと移り揺れる夏

# あとがき

一里とは私の生家から最寄り駅までの大凡の距離だったので、その言葉の響きを身近に感じていた。今は舗装された道を車で移動する生活だが、当時は大人でも日に数本のバスか自転車での往復だった。砂利道の駅までの一里とは子どもの私にはあまりに長く恨めしい距離でもあったのだ。この詩集は「集真藍」という花に纏わる俗信が静かに息づくような地で生まれ育った者の五感に伝う朧な記憶を道標に、「集真藍里」という距離を辿るように言葉を紡いでいった遡行の記である。

詩集の刊行にあたり背中を押して下さった鈴木志郎康さんや助言を下さった川口晴美さん、思潮社の藤井一乃さん、装幀の中島浩さんに心より感謝申し上げます。

二〇二二年一月

平鹿由希子

平鹿由希子（ひらか　ゆきこ）

一九五四年生まれ
秋田県横手市出身

詩集
『雪髻華め』（七月堂、一九九四年）

# 集真藍《あづさい》里《り》

著者　平鹿《ひらか》由希子《ゆきこ》

発行者　小田久郎

発行所　株式会社思潮社

一六二－〇八四二　東京都新宿区市谷砂土原町三－十五

電話　〇三－五八〇五－七五〇一（営業）

　　　〇三－三二六七－八一四一（編集）

印刷・製本　創栄図書印刷株式会社

発行日　二〇二二年四月三十日